ANTONIO MAURO

IONIO
NU MIRACULU A CALA DI MARI

Titolo originale

Ionio – Nu miraculu a Cala di Mari

Antonio Mauro

Maggio 2023

Realizzazione grafica e digitale

Luigi Luigiano

Fotografie

Antonio Mauro

PREFAZIONE

Gli anni '70 furono un periodo di gran fermento in Italia, con operai e studenti che lottavano per una maggiore giustizia sociale e per un cambiamento radicale del sistema politico ed economico del Paese.

Fu allora, a Milano, che conobbi l'umanità e la generosità di Totò Mauro, impegnato nelle lotte dei diseredati e dei senza casa.

A distanza di cinquant'anni, lo ritrovo che, a puntate su Facebook, racconta e sensibilizza i suoi lettori sulle difficili condizioni in cui i migranti cercano di raggiungere l'Europa e sulla necessità di garantire loro un'accoglienza dignitosa e rispettosa dei diritti umani.

Al tempo stesso, Mauro descrive il potenziale e il desiderio di riscatto sociale di coloro che sono sopravvissuti a pericolosi viaggi attraverso il mare e danno un prezioso contributo alla loro nuova collettività.

Questi sopravvissuti di solito hanno abilità, conoscenze ed esperienze che portano benefici alle comunità cui si uniscono e la loro determinazione può servire da ispirazione per altri, affinché possano affrontare sfide sempre più significative mentre cercano di ricostruire altrove la propria vita. Queste sfide includono discriminazioni, barriere linguistiche e accesso limitato a risorse e opportunità.

Antonio Mauro afferra per mano il lettore e lo conduce nell'ultimo lembo di Calabria: usa il linguaggio e il dialetto come uno strumento fondamentale per dare forma, sapore e identità ai personaggi ed ai luoghi dei suoi racconti.

La lingua è qualcosa in più: un particolare modo di vedere il mondo. Attraverso questo linguaggio ibridato, che è sostanzialmente un italiano particolarmente colorito di dialetto, l'autore riesce a far assaporare ai suoi lettori se non la Calabria nella sua interezza, comunque la propria terra, un luogo dalle molte sfaccettature e dagli inconfondibili colori.

Il lettore che vorrà entrare maggiormente nell'atmosfera locale, dovrebbe cercare di leggere il testo imitando nel suo pensiero l'accento e la cadenza dialettale.

Non possiamo che ringraziare di vero cuore tanto lo scrittore, quanto l'uomo per ciò che ha fatto ed ancora dona alla locale cultura, contribuendo alla diffusione d'importantissimi messaggi di tolleranza e rispetto nei confronti dell'altro, del diverso, chiunque esso sia.

Luigi Luigiano

*È da due o tre giorni che seguo con grande ap-
prensione e immenso dolore l'immane tragedia
che si ripete sulle coste italiane, in modo
particolare sulle coste dello Ionio e*

incomincio a scrivere.

Facebook 1 marzo 2023 ore 09:02

CALA DI MARI

La notte piano, piano, scompariva nell'abisso dell'universo portandosi con sé tutte le stelle. L'aurora l'inseguiva e con la sua luce dava colore a tutte le cose: al mare, la sabbia, la ghiaia, le barche, gli scogli, le piccole case bianche dei pescatori di Cala di Mari.

Lauro: un pescatore del piccolo quartiere Cala di Mari come il solito di buon mattino passeggiando sulla spiaggia, scrutava il cielo, guardava il mare, le alte e rumorose onde che si rompevano fragorosamente che poi velocemente scemavano sulla spiaggia lasciando una lunga scia di schiuma bianca, più in là s'infrangevano sugli scogli spruzzando lunghi getti schiumosi. Pochi passi e Lauro si fermava, si girava con le spalle alle montagne e aspirava l'aria ricca di iodio spinta da un forte vento di scirocco. Non so perché lo chiamavano Lauro, il suo vero nome era Nato, come gli altri pescatori di Cala di Mari anche lui possedeva una modesta barca con la quale sfidava il mare per pescare e portare da mangiare alla sua prole. Ora la guardava che da giorni era lì ferma sulla battigia senza poterla varare a causa di quel forte mare che imperversava su questa costa a sud, nel lembo più a sud della punta dello stivale. All'improvviso Lauro si portò la mano aperta verso la testa, la poggiò sulla fronte, si piegò leggermente come se meglio potesse vedere e scorse una barcazza che verso la terra con forza, le correnti spingevano. Per meglio osservare si portò su un vicino scoglio. Le onde del mare erano alte come una montagna, come se fosse un pezzo di legno, sballottavano quella grossa barca che era piena di cristiani. Stavano ammassati come un cupignuni (alveare); mischiati maschi e femmine. Si agitavano come dei

dannati. Lauro guardava quella barca che si avvicinava verso gli scogli e si mise le mani tra i capelli. Incominciò a gridare come un pazzo: "Corriti cristiani! Corriti!". Tutti i pescatori di Cala di Mari, abbandonarono barche, rizzi, conzi e sciabachennhu. Di corsa si portarono vicino la battigia e a coro incominciarono a gridare: "O Dio! o Dio! Sarva sti poveri cristiani; puru innhi sunnu fingnhi toi". Tutti insieme continuarono a gridare. "Iettativi a mari! Iettativi a mari prima rocchi, rocchi mi burdi la barcazza. "Dalla barca li sentirono, non capirono e di più incominciarono pericolosamente ad agitarsi. Dalla spiaggia non si arresero e con più forza continuarono a gridare: "Iettativi a mari! Iettativi a mari! Ca sulu cussi aviti speranza mi vi potiti sarvari". Quando capirono che la barca andava dritta contro gli scogli, a valanga incominciarono a buttarsi tra le alte onde. I più piccini e le donne avevano addosso un giubbotto salvagente di colore arancione, gli uomini adulti chi l'aveva e chi no.

Tra i pescatori di Cala di Mari c'era uno che chiamavano Peppi Mille Puzze perché emanava puzzo di piscio e di tanti altri spiacevoli e indecifrabili odori. A differenza degli altri, era un'anima nera, cattiva, dispettosa, spiona, si scontrava con tutti gli adulti e ancor di più con i bambini ai quali voleva impedire di giocare negli spazi del quartiere. Anche lui era accorso per osservare quella barcazza che le onde inesorabilmente spingevano verso la scogliera. Quando li vide che si buttarono a mare, a differenza degli altri, incominciò a gridare: "Mi nneganu!, mi nneganu tutti! sti nigrricati chi di stannu tingendu di niru puru a nui".

Tutti lo guardarono con disprezzo e in coro incominciarono ad inveire contro di lui. "Vatiddhi bestia!... Vatiddhi !... prima a mari mi iettamu a tia".

Si guardarono tutti in viso e incominciarono a ragionare: "Avimu a fari carcosa si volimu mi si sarva carchidunu". Tanti hanno sfidato quel forte mare, varando le loro barche. Molti si tolsero gli abiti, si legarono alla pancia una lunga corda e si buttarono a mare prendendo bracciate di bambini che altri tiravano a riva. Si sono salvati più di ottanta, tra grandi e picciriddi.

Erano più di cinquanta quelli che il mare, a uno a uno, portava in spiaggia con la pancia in su, gonfia come un otre. Neanche loro sapevano quanti erano su quel relitto che ora galleggiava a pezzi sulle onde dopo aver sbattuto tra le rocce. "Sicuro cchiù di cento". stimavano a caso i pescatori. La maggioranza erano adulti, li osservavano con occhio indagatore, sembravano vecchi assai, non di anni, ma di patimenti. C'erano pure tanti picciriddhi con gli occhi grossi e la panziceddha gonfia.

Le donne del quartiere si erano allertate e accorsero con tutto ciò che poterono raccattare nelle loro povere case: coperte, lenzuola, tovaglie e vestiti di ogni misura per coprire i nudi corpi di quelle anime di Dio.

L'ARRIVO DELLE AUTORITA'

Anche la legge venne a sapere ciò che stava avvenendo sulla spiaggia di Cala di Mari. I primi che arrivarono furono; il maresciallo Gosimu Sgradeli e due carabinieri. Poi arrivarono ambulanze, medici, infermieri, finanzieri e quelli della protezione civile. Arrivarono pure tanti del volontariato, maschi e femmine, quasi tutti giovani. Si buttarono anima e cori, con carezze e dolci parole cercavano di dare coraggio e speranza a quei poveri cristiani. Prendevano i più piccolini in

braccio e li stringevano forte forte al petto, più che se fossero loro figlioli. La denutrizione in quei bambini era evidente ma lo stesso erano bennicchi assai. I grandi sembravano giganti, erano alti quasi due metri, qualcuno parlava l'italiano, altri l'inglese, il francese, la maggioranza parlava portoghese.

Alcuni non erano molto alti e la loro pelle era di un colore più chiaro.

Quelli più alti erano neri, neri più di un tizzone. A uno alla volta li fecero salire sopra le corriere per portarli in luoghi di lontani. "Tutti a lu centru d'accoglienza", vanitosamente gridava, impartendo ordini, il maresciallo Gosimu Sgradeli.

Tornò la quiete e pure il mare si era un po' calmato.

IL MIRACOLO

Tutti se n'erano andati. Erano rimasti solo i pescatori. All'improvviso si sono fermati e nessuno fiatava parola. Si sentiva un pianto lento, lento che però riusciva a tagliare il cuore. Si avvicinarono in direzione da dove arrivava quel debole lamento. E gridarono: "Ma chistu è nu miraculu!" Vicino a uno scoglio in mezzo a pezzi di legno, c'erano mucchi di oggetti di plastica, bottiglie, scarpe, bidoni, bacinelle, salvagente abbandonati e altro. Avvolto in un salvagente c'era un bambino non più grande di due anni, che il mare,

 ora che si era calmato, ha voluto risparmiare e con le onde, piano piano, fino a riva lo aveva accompagnato. "O Dio ! quantu si grandi", gridarono i pescatori. "sulu nu miraculu, potiva sarvari stu picciriddu sfurtunatu, ma di nattra parti di la grandezza di Diu basciatu". Qualcuno in mezzo a loro gridò: "Chiamamu li carabineri!" "No, No!"

gridavano altri. "Ndi lu tenimu a Cala di Mari e lu criscimu nui". "Ma non potimu, la leggi non di lu permetti". "Ma nui lu criscimu a mmuciuni e quandu è grandicennhu vidimu poi chinnhu camu a fari".

Qualcuno diceva: "Ma ggia stentamu tantu mi crescimi li nosci figgholi, comu facimu mi crescimu chistu chi 'ndi portau lu mari"? Si fece avanti Mau Mau. "Da la me casa tra figghi e genitori simu gia quindici cristiani, cu chistu diventamu sidici". Si prese in braccio quel negretto e se lo strinse forte forte nel suo caldo e villoso petto. U picciriddu spense il pianto, alzò il suo faccino tondo tondo con quella pelle scura, la testolina con quei capelli ricci ricci, poi con quegli occhi grandi e tondi tondi come due olive nere, lo guardò e sorrise. Mau Mau lo strinse ancora più forte al petto, mentre dagli occhi scendeva qualche lagrima e dalle labbra si estendeva un benevolo sorriso. Tita, la mugghieri di Mau Mau che era na cristianennha di gran cuore, prese il figliolo tra le sue braccia e disse. "Chi nome 'nci mentimu?" Un'altra madre un po' più lontano disse : "Calimeru! Calimeru!" "No!", disse un'altra, "pari ca' lu pigghiamu in giru pecchi è niro". Un anziano pescatore disse: "Pecchi no lu chiamamu Mari?" "E' troppo comuni" ha risposto una voce poco distante. Si è fatta avanti Liduzza una delle figlie più piccole di Mau Mau che era colta e sapienzusa, e propose: "Nci mentimu lu nome di stu mari chi vosi mi lu sarva e lu chiamamu Ionio". "Si! Si!", gridarono tutti in coro, "è bellu lu nomu di stu generosu mari chi ndi dessi sempre a campari". Non ci sono stati problemi in casa di Mau Mau per sistemare l'ultimo arrivato, ognuno faceva a gara per fare posto e ognuno era pronto a rinunziare a qualcosa di suo per darlo a Ionio al quale volevano bene più di un vero fratellino. Anche se era nella casa di Mau Mau, tutti gli altri pescatori lo volevano bene come se appartenesse alla loro famiglia.

IONIO GIOVINETTO

Inesorabilmente il tempo passava e Ionio all'età della giovinezza si affacciava e le porte delle scuole medie gli apparivano. Ora diventava un dramma come fare, poiché Ionio non risultava i-scritto in nessuna anagrafe. Tutti quelli nella sua posizione lo Stato li definiva clandestini. A Cala di Mari ora tutti si rendevano conto che erano andati contro la legge, tenendo e crescendo quel piccolo naufrago. Una sera si riunirono per ra-gionare sul da farsi, giacché Ionio era ormai a-dulto e non potevano tenerlo più in quella posi-zione di clandestino. Mau Mau si fece avanti:
"A mia tocca di ffruntari la questione, eu fui lu primo chi lu pignhau a mbrazza e mi lu portai a la me casa, pe lu beni e lu so futuru, vaiu nda lu maresciallo e nci cuntu li cosi comu stannhu".
Mau Mau aveva un buon rapporto con il gradua-to, lo ha sempre tenuto di conto regalandogli merluzzi e lupicennhi pescati freschi freschi. Mau Mau si è vestito di coraggio e, solo solo, parlucchiava. "Ormai", col pensiero rivolto a tut-ti del quartiere, "lu nosciu doveri lu ficimu. Ionio puru si ancora è figgnholu, è forti, bellu, sanu e struitu, sicuru di la so vita sapi chinnhu cavi a fa-ri". La prima domenica che arrivò fecero festa

assai, le donne non trattenevano le lagrime e gli uomini erano tutti rattristati. "Coraggio", diceva Mau Mau, "non facimu li cennhi di malaguriu. Lu sacciu ca si lu perdimu pe nnui è tristi assai". Lunedì mattina il sole era già alto quando Mau Mau tirò lu conzu e con falanghe e corde la barca sulla sabbia aveva adagiato. Prese il miglior pesce lupo che aveva pescato, più di tre chili e mezzo pesava e dritto dritto, con una busta e il

pesce dentro, a Rianacia M. nella piazza al centro del paese si recò e al portone della caserma dei carabinieri bussò. Dallo spioncino un carabiniere guardò. "Maresciallo venite che c'è posta per voi", disse il carabiniere e subito apri il portone.

Il maresciallo arrivò e il pesce apprezzò, ma più di tanto non si meravigliò, perché era d'abitudine ricevere quel dono da parte di Mau Mau e anche da altri pescatori. Disse il maresciallo a Mau Mau: "Sempri di cori rrandi fusti cu mia, tu chi tanti carusi ddai di sfamari. Vurria chistu pisci pagariti, sinnunca non sacciu cu tia comu mi ndai a brigazionari".

"Marisciallu, nenti cummia vaviti a brigazionari. La brigazioni chi mi potiti fari è chinnha mi lu mangiati cu gustu e mi vi duna saluti assai".

"Grazi, grazi tanta saluti pure pe ttia, pe to mugnheri e pe tutti lì to carusi grandi e picciriddi".

"Maresciallo si potiti perdiri nha stampa di tempu di na cosa assai seria vi voliva parrai".

"Dimmi chinnhu chi mi nd'avissi a diri, attintu suggnhu pe tia scurtari chinnhu chi mi stai a raccuntari, pe lu tempo non ti davissi a preoccupari è cumpitu miu comu l'avissi a truvari pe issiri sempri a disposizioni di lì piscaturi di Cala di Mari". "Sapiti, marisciallu, non sacciu si cchiu vi rricordati quandu nnha barcazza nda lu scoggnhiu iu a bburdiri". "Si fermassi nnhocu! A capiri tuttu vinni a rrivari". Il maresciallo dentro la caserma lo fece accomodare e davanti alla sua scrivania lo fece sedere. Tirò col pomello l'ultimo tiretto, quello in basso vicino ai suoi piedi, prese una lettera e la dette in mano a Mau Mau per leggerla. "To!, Leggi sta littira e t'accorgissi, sulu sulu, ca tuttu sapissi chinnhu chi tu mavissi a diri". Una lettera anonima senza mittente tra le mani rigirava Mau Mau.

A voce non molto alta leggeva quella lettera e tremava. "Marisciallu vi mentu a conuscenza chi a mezzhu li piscaturi di Cala di Mari staci criscendu nu nigriceddhu grandestinu e fazzu sta dinunzia mi interveniti pe mi cancellati sta virgognha, nu nigru mi crisci a menzu a nui". Mau Mau rosicchiava i denti e ripeteva: "Sulu uno potiva scriveri sta littira: nnhu puzzolenti di Peppinennhu Milli Puzze".

Il maresciallo disse: "Puri iu lu vinnhi a mmagginari, ma nunnhu lu poti provari, u fitusu a stampatennhu la vinni a scriviri". "Marisciallu di vui mi maraviggnhu, fustivu sempri attentu e la leggi sempri facistivu applicari, pecchì di st'occasioni facistivu lu sceccu dho denzolu?". "Vidissi caru amicu meu Mau Mau, nci sunnhu tanti cosi boni chi succedinu, chi cu li leggi veninu a ccozzari, ma nu marisciallu c'avissi a fari, quannu poti l'occhi annhavi a chiudiri, no comu nu sceccu nnhavi a ccozzari mi blocca na cosa chi in fin di beni si veni a fari".

"Marisciallu ma ora non potimu cciu mmucciari, Ionio li scoli medi ndavi a fari e pe lu so beni vinni lu fattu a dinunziari a costu mi miveninu a ttaccari". "Ora si ca cchiu finta di nenti pozzu fari e la prefettura nnhaiu all'ertari, mi ti dicu la verità no sacciu mancu comu nnhaiu fari, siccaturi no mi vi fazzu aviri, no sulu a tia ma a tutti chinnhi di Cala di Mari".

"Marisciallu vui tranquillu lu vosciu doviri ndaviti a fari, su prontu puru a la galera si chistu è lu prezzu chi ndaiu a pagari". "Non diciri nimalosimi, puru lì giudici hannu nu cori e lu massimu ti mentinu all'arrestu domiciliari e a la fini tannhu e liberari. Ma puru chista l'avimu evitari."
"Marisciallu eu non sacciu comu avimu a ffari, chista è na matassa chi vui ndaviti a sbbrog-

gnhiari". Il maresciallo Gosimo Sgradeli era molto preoccupato, poggiò i gomiti sulla scrivania, mise la testa tra le mani e muto si mise a pensare. Nella caserma c'era un silenzio tombale, mancu na mosca si sentiva zzuriari. (volare) All'intrasattu, col pugno chiuso, tirò un leggero colpo sulla scrivania. "Ah"!, cu vuci carma sclamò Sgradeli "trovai lu modu mi viiu comu avissi a fari". "Dicitimi puru a mia". disse Mau Mau, "ca sugnu anziusu di sapiri". "Vidi", disse il marisciallo Sgradeli, "non sugnu pe nenti maravignhatu pe chinnhu chi ti vegnhu a diri: la stessa littira di Peppi Milli Puzze l'idea mi fici veniri; u fitusu nun sulu chi non mentiu lu mittenti ma mancu di data la completau, ed eu pozzu diri ca sta littira oggi la venia a riciviri".
"È veru", Mau Mau rispundiu, "ma non capia chistu fattu comu ndi poti iutari". "Comu ndi poti iutari? ora ti lu vegnhu subitu a spiegari. Ccumpagnata cu n'autra littira scritta di pugnhu meu, per spiegari tutta la situazione alla prefettura insiemi a l'autra di Peppi Mille Puzze fazzu recapitari". Mau Mau si ritirò verso casa con la testa piena di confusione e nell'attesa di vedere quello che poteva accadere, tutti i giorni se ne stava muto e un poco preoccupato.

IL PREFETTO

Quando il prefetto Franco Sciapilliti ricevette lo scritto di Sgradeli, lo convocò subito in prefettura. Gosimu Sgradeli si precipitò di corsa. Erano entrambi siciliani, amici e si conoscevano fin dall'infanzia, tanto che quando erano a faccia a faccia si davano sempre del tu. Dettagliatamente gli spiegò tutta la situazione.

"Cicciu accussi stannhu li cosi come ti scrissi, accussi comu ora ti staiu addicendu. Ora alla tua magnanimità i piscatori di Cala di Mari ti volissi rraccumandari, innhi agiru in fin di beni sarvandu e criscindu chinnhu poviru picciridhu. Nu reato d'affettu cunsumaru, si allura lu fatto avissiru addinunziatu di sicuro a leggi e l'istituzioni non nci l'avissiru dassatu".

"Caro Gosimo, comu tu beni sai, lu cori meu è bonu assai e ti volissi sulu diri fai tu chinnhu chi cchiu giusto credi di fari. Ma ccusi, comu megnhiu di mia sai, io nu magistratu ndaiu ncaricari chi lì dovuti indagini sul caso avissi a fari".

Il prefetto nominò il magistrato calabrese Antonio Grapperi il quale acquisì tutte le carte e subito l'indagine avviò. Il magistrato Grapperi con la presunta lettera anonima di Peppi Milli Puzze e altri documenti acquisiti, si recò subito a Cala di Mari e a vasto raggio incominciò a indagare. Tutti i pescatori dicevano che Ionio era cresciuto nel quartiere ma nessuno affermava che in effetti il suo tetto era la casa di Mau Mau. La prima cosa che fece, ordinò che Ionio fosse mandato al più vicino centro d'accoglienza.

L'ARRESTO DOMICILIARE PER MAU MAU

Grapperi continuò le sue indagini e voleva assolutamente sapere con quale famiglia il ragazzo
era cresciuto, altrimenti tutti i capi famiglia di
Cala di Mari li avrebbe messi agli arresti domiciliari. Certo, era sicuro che i pescatori di Cala di
Mari non avrebbero ceduto e fare pagare il tutto
al solo Mau Mau.

Non so se per paura, neanche Peppe Milli Puzze
disse le cose come furono andate. Per questa
scelta il prezzo che dovevano pagare era molto
alto: significava che per tutto il tempo, fin quando non fossero finite le indagini e non ci fosse
stata la sentenza, i pescatori non potevano varare
le loro barche e quindi non potevano andare a
pescare.

Mau Mau si rese conto della situazione e non poteva sopportare che tutti pagassero un prezzo così alto soltanto perché hanno voluto bene a quel
bambino. E poi se tutti erano agli arresti domiciliari, chi sarebbe andato a pescare? Chi avrebbe
portato da vivere ai loro figli? A queste domande
Mau Mau si dette subito una risposta e si fece
avanti dal magistrato Grapperi:

"Dutturi scusati si no sacciu mi parru lu talianu, no fici scoli e no nesti curpa mea ma era lu contestu sociali undi mi criscia".

"Non vi preoccupate, buon uomo, esprimetevi come potete, l'importante che mi diciate le cose come veramente sono andate e vedrete che farò di tutto per aiutarvi".

" Grazii, dutturi, ora lì fatti vi vegnhu a cuntari. Quandu nnha barca nda li scoggnhi iiu a burdiri, e tutti chinni dil'istituzioni sindiiru, sulu nui piscaturi vittimu stu figgnolu nnhudicatu chi cianciva, chinu di friddu, fami e puru siti. Lu pignammu e subitu di ffezzionammu, lu caddiammu, lu sfamammu, lu dissetammu e cu tantu amuri lu criscimmu".

Grapperi, tutto riflessivo, con attenzione lo seguiva.

"Me fignha Liduzza, la maestra, nci fici scola e Ionio apprendiu e mparau cchiu di nu fignholu talianu".

"Si capisco che avete fatto tutto in fin di bene e una statua vi si dovrebbe fare, purtroppo non è cosi, la legge avete trasgredito. Se fosse per me l'assoluzione e una medaglia a tutti voi io darei, al processo una buona indagine a vostro favore posso presentare, ma subito qualcosa devo fare e per il momento il provvedimento meno grave, in attesa della sentenza, sono gli arresti domiciliari".

"Capisciu dutturi tuttu chinnhu chi mi diciti ma na sula cosa vi voggnhiu chiediri e chistu lo potiti fari, ca si volimu esti la verità. Mentiti a mia all'arresti domiciliari e scagiunati tutti l'autri pi-

scaturi, cusi su libberi mi ponnhu lavurari".

Il magistrato emanò subito un verdetto per gli arresti domiciliari per Mau Mau in attesa di compiere ulteriori indagini. A nulla valsero le richieste di Ionio di voler restare a Cala di Mari e quasi di peso lo fecero salire su una macchina dei carabinieri per portarlo al più vicino centro d'accoglienza. Dimenandosi, in perfetto dialetto calabrese, Ionio gridava: "Dassatimi stari! eu a Cala di Mari vogghiu stari! a lu centru d'accoglienza non voggnhiu veniri".

I carabinieri erano molto sensibili al problema, ma nulla potevano fare, gli ordini che furono loro impartiti dovevano eseguire. Tutta la gente di Cala di Mari si raccolse rattristata intorno alla macchina dei carabinieri per dare l'ultimo saluto a Ionio. Pure Peppi Milli Puzze, che era un fervente tifoso del calcio, con passione e simpatia incominciò a seguire Ionio quando, nel campetto adiacente le case di Cala di Mari, con gli altri ragazzi giocava a calcio. E adesso che vedeva quel ragazzo che gridava di non volersene andare, fu colpito anche dal comportamento generoso di Mau Mau che si prese tutte le colpe ed era pronto a pagare per tutti.

Piano, piano, incominciò a liberarsi di quel sentimento che nutriva verso quel ragazzo a causa del colore della sua pelle. Ora che stavano portando via Ionio, anche lui si era avvicinato; sembrava pentito e rattristato. Increduli, tutti si sono girati e lo hanno visto piangere, a tutti cercava scusa, perdono e con la mano salutava Ionio.

"E chistu puru è nhu miraculu": tutta in coro disse la gente di Cala di Mari, contenta nel vedere quell'uomo che a tutte le sue cattiverie girava le spalle e con un volto nuovo si presentava, ognuno trovò per lui una parola di conforto, lo perdonarono e festosamente lo accolsero tra loro.

IONIO AL CENTRO D'ACCOGLIENZA

Mentre una notte buia calava su Cala di Mari, Ionio fu portato in un centro d'accoglienza lontano quasi otto ore di macchina, alla periferia di una grande città, costeggiando a sinistra lo Ionio fino a raggiungere un altro mare.

La gente di Cala di Mari non si rassegnava e tutti i giorni al maresciallo Sgradeli notizie di Ionio domandava fin quando la rassegnazione col tempo arrivava, anche se nel loro cuore il ricordo sempre vivo restava.

Intanto Ionio nel centro si era ambientato ma col cuore a Cala di Mari era restato e ripeteva sempre che quando libero sarebbe stato, da Mau Mau sarebbe ritornato.

Gli anni passavano e Ionio si inseriva sempre di più con i suoi compaesani e, aiutato da quelli della Protezione civile e del volontariato, le scuole medie veniva a frequentare. Quando era libero praticava molti sport ma per lo più giocava ore e ore a calcio. La sua innata bravura da subito fu notata, tanto che un giovane volontario che giocava in una squadra locale si prese subito cura di lui e presto all'allenatore di una grande squadra lo venne a segnalare. In una squadra di certo rilievo Ionio fu chiamato a giocare, la sua bravura cresceva sempre di più e scalando di serie in serie approdò alla serie A.

Grandi poteri si mossero per aiutare Ionio ad avere la cittadinanza Italiana. Contratti molto re-

munerativi veniva a firmare e grosse somme di denaro incominciava ad incassare. Ora che era ricco non si era dimenticato dei pescatori di Cala di Mari e pensava che presto sarebbe andato a trovarli.

Neanche a Cala di Mari si erano dimenticati di lui. Intanto anche per Mau Mau le cose si svolsero bene e dopo una breve condanna per favoreggiamento alla clandestinità, che aveva già scontato durante il periodo degli arresti domiciliari, alla fine di libero cittadino alla sua vita di sempre era ritornato.

Anche per Peppe Milli Puzze le cose erano cambiate, tutti come un fratello lo avevano accolto dopo il suo pentimento e adesso non lo chiamavano più Milli Puzze poiché con Tota la Zuppitta si era maritato e di urina e altri odori più non puzzava. Tota lo teneva sempre ordinato e pulito, tanto che lo chiamavano Peppi Carompulu (garofano) poiché profumava come un fiore.

Adesso non era difficile seguire Ionio perché la sua notorietà era diventata tanto grande e alla televisione sempre veniva intervistato e chiunque poteva vederlo. A Cala di Mari era una festa quando alla partita di calcio andava a giocare e tutti si riversavano in massa nel campetto dove aveva tirato i primi calci ad un pallone. Tutti, con Peppi in prima fila, davanti alla televisione per vederlo e per lui tifare. Urla e salti di gioia quando davanti alla porta, col suo tiro mancino, il pallone finiva inesorabilmente in fondo alla rete.

Ora che Ionio si era arricchito e poteva comprare tutto quello che di materiale desiderava, sentiva che l'affetto della gente di Cala di Mari gli veniva a mancare. Spesso cose brutte doveva sopportare da parte di certa gente di quelle grandi città del nord Italia, quasi sempre piene di nebbia, dove d'inverno il freddo era forte e d'estate il caldo soffocante e che in massa la partita andavano a vedere. Tanti di loro erano gente stupida, cattiva, razzista e ignorante. A volte, gli stessi tifosi della squadra con cui giocava, sputi e invettive contro di lui indirizzavano.

"Vai dà via al cù negro di merdaaaa, va dà via o Congho dà dove ti sé venutooo. Ppù sporcu negru". E i maiali accompagnavano le invettive lanciandogli contro oggetti di qualsiasi natura che capitavano a loro portata di mano. Un giorno, in una curva, capitò vicino un tifoso che gli continuava a gridare:

"Dììì, si figiio di troia negra o si fiiio d'incrocio d'un gorillo cò nà vaccaaa. Tornati in Terronia duve ti si sbarcatuuu da quella gente di merda che tà cresciutòòò".

Ionio non ha visto più dagli occhi, non poteva sopportare che solo per averlo conosciuto, quegli angeli di Cala di Mari venissero offesi da una gentaglia di tal genere. D'istinto, senza riflettere, saltò una bassa transenna e afferrò il tifoso per la tuta. Per sua fortuna c'erano vicino alcuni uomini del servizio d'ordine che a fatica riuscirono a bloccarlo. Il malcapitato se la cavò con qualche pugno in faccia e con la merda al culo si nascose tra la folla dei tifosi.

Comunque, quel gesto istintivo costò a Ionio sei settimane di squalifica, sancito da parte dell'arbitro e dalle istituzioni sportive. Ora per quasi due mesi Ionio non poteva giocare.

Prese una decisione: avverti l'allenatore e i dirigenti sportivi della sua squadra e subito pensò di andare a Cala di Mari. Riempì due valigie piene di regali per tutti, grandi e picciriddi. Un biglietto d'aereo e in poche ore arrivò tra la sua gente. Fu una grande sorpresa, lì nessuno sapeva dell'arrivo di Ionio a Cala di Mari. Accorsero tutti: Mena, Ntoni, Lauro, Doria, u Longhu cu Betta, Sarvaturi cu Cunccetta, Roccu cu Maria, Carrubba cu Santa. Arrivarono tutti, grandi e picciriddi.

Liduzza fu la prima che, incredula, abbracciò il suo ex scolaro. In coda, provati dagli anni e pieni di reumatismi, arrivarono Tita e Mau Mau. Lo strinsero forte forte a sé. Mau Mau dall'emozione scoppiò a piangere di gioia come un bambino. Tota a Zuppitta arrancava per venire a salutare l'arrivato. Peppi si avvicinava piano e vergognoso, pensava che Ionio lo avrebbe cacciato. Non sapeva che in quel cuore puro, l'odio e la vendetta non avevano mai allignato e che da subito lo aveva perdonato.

Ionio ora tutto sapeva ed era tanto felice di abbracciare Peppi insieme a sua moglie Tota. Grande festa a Cala di Mari, furono invitati pure il maresciallo Sgradeli, i carabinieri, il sindaco del paese e le guardie comunali. Vino, birra, linguine ai frutti di mare e più di un quintale di pesce fritto

Il giorno dopo la festa, Ionio si sedette e domandò a Mau Mau che gli raccontasse tutto quello che sapeva giacché lo avevano raccolto sulla spiaggia e se conoscesse la sorte della gente che era sopravvissuta al naufragio del barcone. Ionio ora voleva sapere se i suoi genitori si fossero salvati o annegati. Mau Mau gli raccontò tutto quel poco che sapeva di quello che era successo, da quando i sopravvissuti furono fatti salire sul pullman. Dal maresciallo Sgradeli il giorno dopo si recarono e chiesero a lui se potesse aiutarli. "Buongiorno maresciallo", salutarono Ionio e Mau Mau, "volivamu parrari cu vui" disse Mau Mau.

"Accomodatevi, entrate e sedetevi", rispose il maresciallo accompagnandoli nel suo ufficio e mostrando loro due sedie, "ditemi tutto, sono qui per ascoltarvi e se mi è possibile aiutarvi".

"Vedete", disse Ionio, "non è che a me l'affetto venne a mancare: tutte padri, madri, sorelle e fratelli per me sono state le genti di Cala di Mari, ma io voglio trovare i genitori che mi hanno dato i natali e voi, forse, mi potrete aiutare". Sgradeli stette un lungo momento a riflettere, poi, rivolgendosi e guardando negli occhi Ionio disse:

"Vedi Ionio, se l'avessimo fatto subito, allora quando avvenne il naufragio, forse saremmo potuti arrivare a verificare se fra i superstiti ci fossero i tuoi genitori. Allora alcune informazioni, interrogando tutti gli adulti che si sono salvati, li abbiamo ottenute. Intanto, all'inizio, nessuno sapeva della tua presenza e non ci sono stati ricerche mirate. Quindi quello che abbiamo potuto appurare è stato che ci sono stati quattro, cinque bambini dispersi e una quarantina di adulti, tutte cifre sommarie poiché nessuno sapeva il numero esatto presente sulla barcazza, prima che questa s'infrangesse tra gli scogli. Adesso i naufraghi di questo particolare incidente sono stati smistati in luoghi lontani centinaia di chilometri gli uni dagli altri, è un'impresa poterli rintracciare, direi quasi impossibile".

Iodio non ebbe la forza di dire una parola di fronte alle ferme e reali affermazioni del maresciallo. Mau Mau che aveva ascoltato attentamente, ruppe il silenzio e rivolgendosi al maresciallo disse: "Marisciallu. carchi tentativu l'avimu a fari. Mpormati la prefettura, la tenenza, lu ministeru. mpormati u pateternu, mpormati a cu voliti, ma carcosa ndaviti a fari".

Sgradeli stringendo e dilatando le labbra chiuse alla fine rispose. "Certu, anche se le speranze sono poche, si, qualche tentativo è sicuro che lo faremo". Poi, rivolgendosi a Ionio: "Intanto vedi se sul tuo corpo c'è qualche segno di riconoscimento particolare, in modo di poter fare qualche riscontro". A Ionio venne un sorriso negli occhi intuendo che forse avrebbero trovato un modo per avere la speranza di trovare i suoi genitori. Si drizzò sulle spalle e proteso verso il maresciallo disse: "Vedete maresciallo", alzando la maglietta e scusandosi per il gesto. "Guardate qua, vicino all'ombelico ho un piccolo taglio, probabilmente, involontariamente, mi avranno ferito durante il parto". Sgradeli e anche Mau Mau istintivamente allungarono di qualche centimetro la testa per meglio vedere.

Il maresciallo constatando che veramente c'era un evidente taglio di circa tre centimetri, disse: "Benissimo, questo è un buon indizio. Vedrò subito come dovrò muovermi e, appena avrò notizie serie da darvi, provvederò ad informarvi".

Iodio rimase ancora qualche giorno, poi a malincuore dovette partire, anche se ancora non poteva giocare.

Doveva, però, puntualmente allenarsi per essere pronto all'imminente arrivo della fine della squalifica e presentarsi efficiente alle prossime partite del campionato.

PAMELITA

Nel quartiere dove Ionio viveva, c'era una ragazza spagnola di nome Pamelita che lavorava in una grande azienda internazionale di import export. I due ragazzi si frequentarono e presto la loro amicizia si trasformò in un sentimento affettivo e d'amore. La presenza di Pamelita a tutte le partite, aiutava Ionio a sopportare meglio le aggressioni verbali di carattere razzista che gli venivano indirizzate da parte della, per fortuna minoritaria, tifoseria delle due squadre in campo.

Il carisma di Ionio s'ingigantiva continuamente; c'era partita che segnava il goal decisivo per la determinazione della vittoria. Era ricercato a livello internazionale, con offerte di contratti da capogiro e i suoi conti in banca continuavano a crescere. Alla posizione economica cosi invidiabile, si aggiungeva anche l'amore e l'affetto della bellissima Pamelita con i suoi occhi castani, grandi e dolci. Egli era spesso preso da momenti di tristezza: gli mancava l'affetto e la vicinanza di Mau Mau e di tutta la gente di Cala di Mari.

Il suo pensiero era sempre rivolto al maresciallo Sgradeli con la speranza che avesse trovato qualche indizio su chi fossero i suoi genitori.

Ionio, quando il campionato finì, ebbe parecchie settimane di libertà e pensò di recarsi a Cala di Mari. Questa volta pensò di fare un grande regalo ai suoi amici pescatori. Si recò in una grande città marittima, comprò una grande barca da pesca, la battezzò "Pamelita", come la sua donna e con alcuni marinai che assoldò, prese la via del mare con l'ago della bussola rivolto a sud. Questa volta Ionio e la sua Pamelita, che lo seguiva ovunque, arrivarono navigando a Cala di Mari e con una piccola scialuppa raggiunsero la battigia.

Mau Mau e tutta la gente del quartiere si riversarono sulla spiaggia a vedere perché quel grosso peschereccio fosse ancorato a qualche centinaio di metri dalla spiaggia. Prima che la scialuppa arrivasse, i pescatori di Cala di Mari riconobbero Ionio che, come un'icona, stava diritto sulla piccola imbarcazione. Incominciarono a saltellare di gioia, grandi e picciriddi. Con un atletico balzo, Ionio saltò dalla scialuppa sulla spiaggia e il primo che abbracciò fu Mau Mau, poi tutti gli altri che intanto gli facevano festa tutto intorno.

Ionio presentò la sua donna: Pamelita. Poi disse che quel grande peschereccio era un regalo per loro. Increduli, con le lacrime agli occhi per la grande emozione, si avvicinarono di più verso la battigia per ammirare, come meglio potessero, l'inaspettato e grande dono che veniva loro dato dal piccolo, grande Ionio.

Per la gente di Cala di Mari adesso tutto è cambiato. Si è organizzata in cooperativa e con quella grande barca la  fatica, rispetto a prima, era quasi nulla. Tutti gli attrezzi per la pesca, dal conzu, alle rizzinnhi, allo sciabachennhu, erano azionati meccanicamente con la corrente fornita da un grosso generatore. A loro toccava soltanto smistare l'abbondante pesce che tiravano a bordo dentro le sacche delle rizze, dello sciabachennhu o sganciarlo dagli ami del conzu. La vita, inesorabilmente, faceva il suo corso.

Un mattino, al sorgere del sole, una triste notizia velocemente si diffuse per Cala di Mari: "Mau Mau moriu". Tutta la gente piangeva: era il più anziano di quella comunità, aveva festeggiato 103 anni qualche giorno prima della sua morte. Anche Ionio apprese la notizia. Lasciò tutto e con la sua bella Pamelita accorse per dare l'ultimo abbraccio all'uomo che come un figlio l'aveva fatto crescere e ben educato. Per più di un chilometro, sulle spalle come un trofeo, la bara vollero portare i suoi amici e parenti pescatori di Cala di Mari.

Dopo il rito funebre, Ionio volle incontrare il maresciallo dei carabinieri Sgradeli che, però, nel frattempo era andato in pensione ed era stato sostituito dal suo collega Accursio Turrisi, anche lui siciliano. Ionio voleva chiedere al militare se con le sue ricerche avesse appurato qualcosa. Turrisi era stato informato dal suo predecessore e rispose puntualmente: "SI!, abbiamo qualche buona notizia".

"Ditemi pure, maresciallo, che sono qui per ascoltarvi".

Turrisi, prendendo un po' di fiato, disse:

"Grandi notizie non ne ho, però, attraverso la prefettura. abbiamo appurato che quelle circa ottanta persone che sono scampate a quel naufragio, sono riuscite ad andare, con regolari lasciapassare, chi in Francia, chi in Germania o in Gran Bretagna. In questi gruppi c'era una famiglia con una madre e due figli che lamentava il sicuro annegamento di un terzo figlio di circa due anni. Questa famiglia, per quel che sappiamo, dovrebbe trovarsi in Germania".

"Quindi i miei genitori potrebbero essere questi"? disse Ionio.

"No!, questo non possiamo ancora dirlo, però, i funzionari della nostra ambasciata a Berlino, ai quali abbiamo dato l'indizio che tu ci hai fornito, hanno incaricato una rete televisiva nazionale per fare delle ricerche. Adesso, con fiducia, stiamo aspettando, speriamo di avere presto buone notizie".

Ionio era fiducioso e con un lieve inchino salutò il maresciallo Accursio Turrisi, che nello stesso tempo gli stringeva fortemente la mano e proseguì:

"Vai tranquillo, appena avremo notizie, sarai subito avvertito".

Ionio ritornò al nord, continuò a giocare le sue partite e a segnare i suoi gol che lo facevano grande. Di giorno in giorno il suo carisma s'ingigantiva.

IL MATRIMONIO

Era nel tardo pomeriggio di un giorno di prima-
vera dello stesso anno in cui era morto Mau Mau
che Ionio e Pamelita decisero di sposarsi e scel-
sero di farlo nella chiesetta di Cala di Mari.

La notizia fu appresa con indescrivibile entusia-
smo; tutti si prodigarono per addobbare a festa
l'intero quartiere. Palme, asparagi, oleandri fiori-
ti, altri tipi di foglie verdi: tutto andava bene.
Le strade erano adornate da diecine di mazzi di
fiori multicolori: dai garofani, alle rose, alle
margherite. In tutte le case la gente di Cala di
Mari si vestì a festa. Per il banchetto nuziale ap-

prontarono lunghi tavoli utilizzando grandi assi da carpenteria. Per più mattine i pescatori vararono il grosso peschereccio ricevuto in dono da Ionio e riempirono le grandi celle frigorifere con diversi quintali di pesce, di varie specie e dimensioni. Tutto a base di pesce era il menu.

Già prima che i due giovani entrassero in chiesa, le caldaie bollivano pronte a ricevere e cuocere le linguine e su grandi padelle di un metro di diametro si friggeva il pesce dopo averlo impanato con una pastella di farina di mais. La cerimonia religiosa durò quasi un'ora.

Carrubba e Ntoni u Longhu fecero da testimoni e Tita quel giorno tolse il vestito nero da lutto che portava per la morte del marito. Indossò un fastoso e colorato vestito di seta e zoppicando, si portò vicino all'altare per far benedire le fedi nuziali, poiché era la comare d'anello.

Il banchetto si prolungò per ore e ore fino alle prime ore del mattino del giorno dopo. Al rito e al pranzo nuziale era stato invitato anche il maresciallo con i suoi carabinieri, ma per quel giorno si pensò solo alla festa.

Dopo qualche giorno, prima che i due sposi partissero per il viaggio di nozze, Ionio andò a cercare il maresciallo Turrisi che lo aveva mandato a chiamare e si presentò in caserma.

"Buongiorno maresciallo, come vi sentite oggi"?

"Cosa vuoi dopo quella abbuffata di pesce e bevuta di vino che ho fatto ieri, mi sento un po' stordito", continuò il maresciallo, "dimmi ora, certo sei venuto per quella storia dei tuoi genitori?"

"Si, maresciallo, proprio per questo", disse Ionio.

"Purtroppo, non ho notizie da darti; sappiamo soltanto che la rete televisiva che ha lanciato l'appello dice che nessuno risponde".

"Ciò significa che questa famiglia non si trova in Germania"?

"No! Non proprio così, forse non ha la possibilità di seguire un canale televisivo o si è trasferita in un'altra nazione".

LA NASCITA DEL PICCOLO MAU MAU

Con amarezza Ionio si accomiatò dal maresciallo, Turrisi era commosso:
"Vai adesso, vai a fare il tuo giro di nozze, intanto io non mi stancherò di continuare le ricerche".
"Grazie maresciallo, grazie", e si avviò con Pamelita. I due sposi partirono subito per Madrid, girarono tutti i posti più belli della Spagna. Soggiornarono un'intera settimana nella cittadina di

Andalusia - La Iruela (Jaen)

Pamelita che si trovava in Andalusia.
Partirono per gli Stati Uniti d'America, visitarono New York e altre città americane, volarono

verso Parigi, per concludere il loro viaggio di nozze a Firenze e Roma.

Ionio doveva subito mettersi in contatto con i dirigenti sportivi e gli allenatori per riprendere la sua attività calcistica. Pamelita da subito riprese il suo lavoro nell'agenzia di import-export. Da Cala di Mari non arrivavano buone notizie, la cara Tita, a causa dell'età avanzata e per i tanti acciacchi che la costringevano a una forzata immobilità, era costretta a stare a letto.

Ionio e sua moglie non potevano spostarsi, perché, a parte gli importanti impegni di lavoro, Pamelita era in avanzato stato di gravidanza e doveva continuamente essere a contatto con il ginecologo. Dopo qualche mese ha partorito un bel maschietto, non nero come il padre o bianco come la madre, ma del colore bellissimo dell'ebano. Iodio le disse di dare un nome al bambino e Pamelita, che sapeva quello che covava nel cuore del suo compagno, gli rispose: "Mau Mau!, lo chiameremo Mau Mau".

 A Ionio gli occhi si riempirono di gioia e un grande sorriso illuminò il suo volto. Appena trovarono il tempo necessario, la prima cosa che fecero, partirono subito per Cala di Mari. Tutti lì nella piccola "rugha", con affetto e tenerezza, corsero ad abbracciarli. Liduzza, con amore, prese per un braccio i due sposi e li accompagnò dentro a salutare la povera Tita ormai morente, ma ancora lucida. Riuscì a sorridere di gioia quando le dissero che il piccolino si chiamava Mau Mau. Fu l'ultima volta che Ionio e Pamelita videro Tita. Dopo poco tempo, all'età di cento-due anni, in Dio se ne andò.

Non poterono essere presenti al suo funerale, perché Ionio si trovava in Germania dove era sta-to contattato dalla rete televisiva che aveva rice-vuto l'incarico di lanciare il messaggio per la ri-cerca dei suoi genitori. Si premurò di far arrivare un cuscino di rose rosse e le condoglianze a tutta la comunità di Cala di Mari.

Rostock - Germania

Ionio arrivò nella fredda città di Rostock nel nord Europa, sulle coste del Mar Baltico.

L'INCONTRO CON I GENITORI

Lo portarono in un agglomerato di tende e baracche costruite con diversi ed indecifrabili materiali. Ionio si domandò subito come facessero a vivere in quelle condizioni in un luogo cosi freddo nel nord d'Europa. Quando furono vicini a quelle specie di abitazioni, da dietro quelle tende che fungevano da porte, incominciarono ad uscire grandi e picciriddi.

Quasi tutti gli abitanti di quelle baracche avevano visto o sentito parlare di Ionio, quel grande giocatore nero che tanto ricercato era nel mondo calcistico per la sua bravura nel portare il pallone in rete. Sembrava che volessero inchinarsi in segno di devozione di fronte a questo gigante del calcio che umilmente si presentava davanti ai loro occhi.

Una coppia che era già stata avvertita, si fece avanti e la donna, senza dire parola, si avvicinò, prese la maglietta di Ionio e la tirò in su. Alla vista della piccola cicatrice, dall'emozione scivolò a terra e si aggrappò alle gambe di quello che ora sapeva essere suo figlio. Anche Ionio ormai aveva la certezza che quella donna ai suoi piedi era sua madre, la prese dai fianchi con le sue forti mani, l'abbracciò e allo stesso tempo scoppiarono in un pianto di gioia che contaminò tutti i presenti.

Ionio trasse a sé il padre che era vicino e lo strinse insieme alla madre. Stettero così per qualche minuto, poi ad uno, ad uno, abbracciò tutti i presenti. La madre e il padre lo invitarono ad entrare nella loro casa.

Ionio che aveva vissuto la sua vita di adulto in lussuosi appartamenti e nei più costosi e grandi alberghi in giro per il mondo, dentro quella umile abitazione non sentiva nessun disagio.

Viveva un'emozione molto grande per l'essere vicino ai suoi cari, si sentiva trasportato dal calore della gente di Cala di Mari. Ionio domandò subito se avesse fratelli e sorelle.

"Si!" risposero i due: "Jiulenia e Toduk" aggiun-
sero.

"Dove sono?" chiese Ionio.

"Quando ci fu il naufragio, tutti, te compreso, in-
dossavamo un giubbotto salvagente. Tua madre
si prendeva cura di te tenendoti con un braccio
attaccato al tuo salvagente, fin quando una grossa
onda non ti strappò via e da quel momento non
abbiamo avuto più tue notizie. Con tua sorella
Jiulenia che allora aveva circa quattro anni e tuo
fratello Toduk che ne aveva sei, per pochi minuti
fummo vicini poi ci pensò il mare burrascoso a
dividerci ed allontanarci, lo ricordo ancora con
angoscia". I due genitori scoppiarono a piangere
e continuando il loro tragico racconto:

"Sono incancellabili quei momenti, i ricordi, la
gioia di abbracciare Toduk e Jiulenia, i nostri
compagni di ventura, il grande calore della gente
di quel piccolo quartiere di pescatori, la loro solidarietà, il loro calore umano, i rischi cui sono
andati incontro buttandosi a mare per salvare tanti di noi. Tutto questo, se ci aiutava a proseguire
nella vita, certamente non poteva cancellare la
tristezza e il buio che calava nei nostri cuori per
la tua scomparsa" e scoppiarono nuovamente a
singhiozzare.

Ionio li strinse più vicino a sé: "Su adesso, grazie a Dio e alla gente di Cala di Mari, sono qui con voi, adesso parlatemi dei miei fratelli".

"Tuo fratello Toduk credo si trovi in Gran Bretagna, tua sorella Jiulenia diceva di voler andare in Francia o ritornare in Italia. Sono anni che non ci incontriamo, ci sentiamo di tanto in tanto al telefono".

"Parlatemi di voi", disse Ionio, "non conosco ancora il vostro nome, né qual'è il nostro paese, perché siete scappati dalla nostra terra, come siete arrivati fin qua"?

"Mi chiamo Titenk, Titenk Mibutu, tua madre Sciutera Bitoscia, ma da quando si è sposata con me ha preso il mio cognome e si chiama Sciutera Mibutu. La nostra terra è il Camerun, in Africa centrale, che confina con la Nigeria e il Ciad e a sud con l'Oceano Atlantico. Nella nostra giovinezza vivemmo liberi e felici, anche se la vita per la sopravvivenza era molto dura. L'ambiente era duro, bisognava combattere contro le bestie feroci, contro le intemperie, contro il caldo afoso e il clima umido delle paludi e per completare, occorreva sopportare i micidiali insetti di varia natura.

Questa era la normalità della nostra vita quotidiana, eravamo coscienti che quella era la nostra terra: la natura ci aveva reso forti per affrontare quelle dure lotte per la sopravvivenza quotidiana. Questo ci dava la libertà e ci rendeva felici. Tutto finì nel momento in cui gli europei scoprirono che nelle nostre foreste c'erano ricchissime miniere di diamanti. Allora incominciarono i nostri guai, ci ricacciarono sempre più lontano dal nostro habitat naturale, gli uomini più forti vennero schiavizzati sfruttando le loro forti braccia per l'estrazione dei diamanti.

I guai più grossi arrivarono quando incominciarono ad entrare in guerra tra loro con bande armate che si contesero i territori. Vere e proprie guerriglie vennero portate avanti da eserciti bene organizzati dotati di modernissime e micidiali armi automatiche importate dai paesi Europei.

Il pericolo più grande per noi era rappresentato dalla crudele, bellicosa e fanatica tribù dei Baco Harm, di religione islamica ".

"Privati della nostra libertà, sotto la continua minaccia della violenza, non trovammo alternativa alla fuga e partimmo alla ricerca di un mondo migliore".

"Come siete arrivati fin qui, da cosi lontano?"

"Non fummo soli a partire, centinaia di famiglie come noi raccolsero qualche bestia, le poche cose indispensabili ed affrontarono un lungo viaggio con la speranza di raggiungere a piedi, con mezzi di fortuna e con carri tirati da mucche o vecchi camion, la lontana e prospera Europa.

I mezzi di comunicazione come la televisione ed i cellulari erano arrivati fino a noi, quindi sapevamo che c'erano grandi paesi dove sicuramente avremmo iniziato una nuova vita. Il nostro viaggio è stato tutt'altro che facile, se dovessi tornare indietro, non so se rifarei la stessa esperienza. La strada per arrivare fin qui è stata lunga e faticosa, per mesi e mesi abbiamo attraversato fitte foreste, savane, deserti e montagne. Abbiamo oltrepassato il Camerun, il Ciad ed infine tutta la Libia fino alle sue coste sul Mediterraneo e ovunque abbiamo subito violenze.

In Libia ci hanno rinchiusi in grandi centri recintati con alte reti metalliche in modo che nessuno potesse fuggire.

Le violenze che subimmo dagli aguzzini preposti alla nostra sorveglianza sono indescrivibili, molti di noi portano ancora ferite cicatrizzate sulle nostre carni. Le nostre donne, vecchie e giovani, furono tutte violentate. Fummo trattati peggio delle bestie, nessuno che spendesse una parola contro quella vita di tortura e di squallore che ci

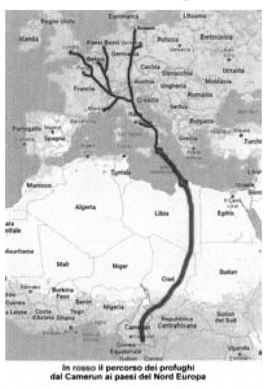

In rosso il percorso dei profughi
dal Camerun ai paesi del Nord Europa

veniva imposta. Alla fine fummo contattati da alcuni uomini senza scrupoli che avevano il modo e la possibilità di tirarci via da lì e portarci al di là del mare. Tutto questo dietro forte compenso. Non possedevamo denaro, ma io portavo con me, nascosti tra le nostre misere masserizie, dei diamanti che avevo trovato e conservato. Ho capito il loro grande valore solo quando ho visto quelle bande che guerreggiavano per poterne venire in possesso. Li offrìi a quei trafficanti di esseri umani per pagare la nostra traversata. Una notte, con la complicità delle guardie, fummo fatti uscire dal campo e a qualche chilometro di distanza fummo stivati come sardine in quella vecchia barcaccia.

Quando sembrava che fossimo arrivati a qualche ora dalla salvezza, si scatenò il finimondo: pioggia a diluvio, forti e vorticose raffiche di vento, onde altissime che ci spinsero, a forte velocità, dritto verso le rocce. Avvertito il pericolo, tua madre con te stretto in braccio ed io con Jiulenia e Toduk, ci buttammo a mare".

Prese un po' di fiato Titenk. "Quando, non so come, mi ritrovai sulla spiaggia, mezzo morto, mi misi a cercare tra i superstiti, la prima che potei abbracciare fu Jiulenia e subito dopo lì vicino mi apparve Toduk. Dopo un po', più che nuotando, buttata fuori da una grossa onda, tra la schiuma bianca, apparve tua madre. Corremmo insieme ad altri soccorritori e la strappammo alle onde che volevano riportarsela indietro. Insieme a lei ci mettemmo a girare in mezzo a tutta quella gente con la speranza di trovarti. Le nostre ricerche furono vane e un nero muro di rassegnazione calò sui nostri cuori. Sicuramente senza l'aiuto di quei pescatori, non so quanti di noi si sarebbero potuti salvare. Oltre al prezioso aiuto che ci dettero subito dopo che ci buttammo in acqua, le loro donne ci rifocillarono offrendoci caffè e bevande calde e coprendoci con coperte e vestiti dei loro uomini.

Dopo arrivarono i soccorritori istituzionali che ci caricarono sui pullman e ci portarono lontano da lì, in un centro dove c'erano già centinaia e centinaia di altri disgraziati come noi. Nessuno voleva restare in quel centro, ognuno voleva andarsene, chi in Gran Bretagna, chi in Francia, altri in Belgio. Noi volevamo andare in Germania dove c'era un nostro cugino che ci attendeva e finalmente ci dettero i lasciapassare per raggiungerlo. La permanenza nel centro non fu vita da salotto anche se non come l'inferno del campo di concentramento libico. L'umanità di tanti giovani volontari ci fu sempre vicina e anche le autorità fecero di tutto per venirci incontro.

Questo atteggiamento per loro non fu per niente facile, poiché nel centro continuarono ad arrivare sempre nuove ondate di profughi. Il nostro viaggio verso la lontana Rostock, se pure non come l'indicibile bruttezza del viaggio in Africa, non fu una passeggiata. A parte le sofferenze fisiche, dovemmo continuamente subire frecciate dispregiative che ci vennero rivolte da gruppi di uomini bianchi malvagi e senza cuore.

Ancora una volta il coraggio di proseguire e di non arrenderci ci venne sempre dai tanti nuovi giovani che, da tappa a tappa, ci aiutarono materialmente, ma soprattutto ci rinnovarono quell'apporto psicologico indispensabile per trovare la forza di continuare a lottare. Alla fine arrivati a Rostok, ad attenderci c'era nostro cucino Lombuto che è qui e colgo l'occasione di presentarlo. Lo seguimmo e ci sistemammo in questo alloggiamento. Trovai un lavoro al porto in una ditta di carico e scarico mentre tua madre lavorò per quindici ore alla settimana in una famiglia a fare le pulizie della loro casa.

Toduk, come ti dicevo prima, incoraggiato da altri suoi amici, partì per la Gran Bretagna con la speranza di fare fortuna. So che trovò lavoro in una ditta che si occupava di lavori nell'edilizia abitativa. Non so se Jiulenia si trovi in Francia o in Italia, in verità sono molto preoccupato per lei; la sento qualche volta al cellulare ma non sa dirmi mai dov'è, quasi avesse paura di parlare. Smorza le parole e quasi subito si congeda come se qualcuno le impedisse di continuare a parlare".

"Bene!", esclamò Ionio, "adesso la vostra storia cambia: raccogliete le cose necessarie per il viaggio e partiamo subito per l'Italia". Poi rivolgendosi a Lombuto e agli altri presenti: "tenetevi pronti che vi ricontatterò e chi lo volesse, potrà raggiungerci".

I GENITORI DI IONIO IN ITALIA

Nel tardo pomeriggio, era quasi già notte, i genitori di Ionio arrivarono in Italia e subito si recarono nell'appartamento del figlio dove la brava Pamelita li stava aspettando. Li abbracciò come fossero i suoi genitori, poi diede in braccio a Titenk il piccolo Mau Mau che subito lo guardò incuriosito e poi scoppiò a piangere.

"Dai a me", disse Sciutera, "non sai neanche tenerlo in braccio", tutta orgogliosa e vanitosa di coccolare il suo nipotino.

Mostrarono la casa ai genitori che restarono imbarazzati e confusi per l'enormità di quella abitazione rispetto a come erano abituati nel loro vivere quotidiano. Pamelita aveva già provveduto a comprare biancheria e abiti nuovi della misura che Ionio le aveva detto. Mentre i due ospiti si ritirarono nella camera loro assegnata, Pamelita e Ionio apparecchiarono la tavola per la cena.

Quando tutti si furono seduti, per un po' nessuno fiatò, impegnati com'erano a gustare la cena che, da brava cuoca, Pamelita aveva preparato in modo particolare per la presenza di Titenk e Sciutera. Alla fine del pasto, Titenk, rivolgendosi al figlio, domandò:

"Ionio adesso parlaci di te, raccontaci un po' la tua storia, da dove è nato questo nome (Ionio), come hai fatto ad avere questo successo ed acquisire tutta questa conoscenza. Tu non sei come noi, si vede solo a guardarti, poi quando parli, la differenza tra noi e te diventa abissale, così è pure quando ti muovi sciolto e libero, mentre si nota subito il modo goffo del nostro agire".

Ionio incominciò con pazienza a raccontare la sua storia, non riusciva a nascondere l'emozione e la tristezza che lo coglieva quando citava Mau Mau, ricordava il calore che aveva ricevuto da quella gente, povera, ma ricca di umanità. Rievocava le loro attenzioni giornaliere, i loro insegnamenti educativi, la trasmissione dei grandi valori di solidarietà, il rispetto delle persone e delle cose, le preoccupazioni per il suo futuro.

Poi il trauma che visse quando lo strapparono alla gente di Cala di Mari e lo trasferirono al grande centro d'accoglienza con tutta la gente che continuamente arrivava via mare dal continente africano. Raccontava l'esperienza che ha vissuto con i giovani del volontariato che lo scoprirono e lo aiutarono all'ascesa nel mondo calcistico.

Parlò per più di tre ore; si era già fatta l'una di notte, Titenk e Sciutera, anche se seguivano il racconto emozionati e con attenzione, incominciarono a dare cenni di stanchezza.

Ionio li invitò ad andare a letto dicendo:

"Da domani è un nuovo giorno, prenoterò i biglietti per l'aereo e andremo tutti a Cala di Mari".

CON I GENITORI A CALA DI MARI

Nelle prime ore del pomeriggio erano già a Cala di Mari. Come al solito grande festa della gente, felice di conoscere i genitori di Ionio. Egli mise al corrente tutti che aveva intenzione di sistemare i propri genitori nella loro comunità e che nel tempo sarebbero arrivati altri suoi compaesani. Chiese anche se fossero contenti di tutto questo.
Si fece avanti Carrubba affiancato dalla moglie Santa e disse:
"Caro Ionio, tu si patruni non di la me casa, ma di li casi di tutta la genti di Cala di Mari, hai sulu pe mi scegli undi mi sistemi li nosci frati Titenk e Sciutera",
Si sono fatti avanti tutti, grandi, mezzani e picciriddi e hanno incominciato a gridare: "A la me casa, a la me casa".
Ionio sistemò i propri genitori alla meglio poi incominciò a contattare i proprietari di vecchie case abbandonate, le comprò e subito incaricò una piccola ditta edile della zona per la loro restaurazione e renderle abitabili. Riportò a casa Pamelita e il piccolo Mau Mau il quale, ogni volta che lasciava Cala di Mari, non voleva abbandonare i suoi piccoli amici di gioco.

Appena le prime case furono pronte, Ionio contattò suo cugino Lumbuto e insieme ad altre due famiglie li fece partire per raggiungere i suoi genitori a Cala di mari. Man mano altre famiglie raggiunsero le prime.

Ora Ionio non si dava pace, il suo pensiero era sempre rivolto verso Toduk e Jiulenia, doveva assolutamente cercarli e riunire tutta la sua famiglia. Per Toduk non ebbe molte difficoltà giacché non gli fu difficile localizzare la città inglese dove lavorava, contattarlo e fargli raggiungere i genitori a Cala di Mari.

L'INCONTRO CON JIULENIA

Incontrare Jiulenia non fu facile poiché non diceva a sua madre dove si trovava quando raramente si sentivano al telefono. Ionio si fece dare il numero di telefono della sorella e la chiamò.

Jiulenia non sapeva che dall'altra parte del telefono c'era suo fratello che lei credeva morto e, scambiata qualche parola, chiuse il telefono. A Ionio bastarono quelle quattro parole per capire che la sorella era vissuta sempre in Italia poiché aveva padronanza della lingua.

Dal breve dialogo non riuscì a capire la città dove si trovasse ed ha capito anche che non avesse una vita tranquilla e che fosse priva della libertà. Un cattivo presentimento gli corrodeva il cervello ed a tutti i costi doveva trovarla. Intuendo che la sorella fosse caduta nelle mani di qualche banda di criminali senza scrupoli, contattò dei faccendieri nigeriani che sapeva trafficassero in droga, prostituzione e immigrazione clandestina.

Dietro compenso e promettendo una forte somma di denaro se avessero portato a buon fine le ricerche, diede tutte le credenziali della sorella affinché la cercassero e gliela consegnassero. Ionio aveva intuito bene e aveva scelto le persone giuste cui rivolgersi. Non passò molto tempo che fu contattato dagli uomini cui in precedenza si era rivolto per la ricerca della sorella. Due nigeriani gli fissarono un appuntamento e dopo aver ricevuto il denaro promesso loro a suo tempo da Ionio, senza dirgli dove si trovasse e come fosse vissuta in tutti quegli anni lontana dai genitori, gli dissero di trovarsi una certa sera, in una certa piazza e che lì avrebbe incontrato sua sorella.

Era una sera d'autunno, la notte era calata e con essa pure una fitta nebbia. Tre ombre facevano fatica a prendere corpo nella fitta nebbia, alla fine le ombre prendevano forma e agli occhi di Ionio apparvero tre figure umane, due uomini e una donna. Gli uomini erano ormai vecchie conoscenze e capì che la donna fosse proprio sua sorella. I due uomini, che subito si allontanarono, avevano già spiegato alla donna che l'avrebbero accompagnata da suo fratello.

Jiulenia non aveva saputo niente di tutto quello che era accaduto in quegli anni, pensava che lì ad attenderla ci fosse Tudok. Quando si vide davanti quell'uomo alto, forte e robusto, pensò subito che fosse stata presa in giro e che quello che si presentava ai suoi occhi, visto che non era Tudok, fosse qualcuno che sicuramente, come le era accaduto altre volte, l'avrebbe avviata nel giro della prostituzione. Ella non esternò alcuna emozione mentre Ionio la osservava in abiti succinti, con una cortissima minigonna, un paio di stivaletti con tacchi alti, tutta truccata e con una grossa borsa sotto il braccio. Ebbe un gesto di stizza, sicuramente se in quel momento avesse avuto davanti quegli uomini che l'avevano conciata così li avrebbe strozzati.

Jiulenia, pensando che quell'espressione rabbiosa fosse rivolta nei suoi confronti, ebbe paura e istintivamente si trasse indietro di qualche passo.

Ionio capì e subito si rasserenò e guardandola, indirizzò un tenero sorriso nei suoi confronti. Jiulenia percepì che qualcosa di grande per lei stava avvenendo. Mai nessuno, nei suoi ricordi, l'aveva guardata con tanta dolcezza e spinta dalla forte emozione, si mise a singhiozzare. Ionio le si avvicinò, le prese la mano e la trasse a sé, le prese la borsa che teneva appesa al braccio e la buttò in un vicino cassonetto. L'abbracciò con tutto l'amore fraterno che poteva darle.

Ella continuò a singhiozzare. Erano lacrime gioiose e liete, non come tante altre, dannate e amare. Ionio le alzò il mento con la sua forte e grande mano e con tenerezza le asciugò le lacrime copiose, poi la invitò a seguirlo che le avrebbe spiegato tutto.

Arrivarono a casa, trovarono Pamelita ad attenderli con il piccolo Mau Mau ancora sveglio. Pamelita portò Jiulenia nel bagno, le diede della biancheria intima nuova che lei teneva sempre di riserva, un pigiama e la invitò a farsi una doccia e mettersi a proprio agio.

Ora che il suo viso era stato ripulito da quell'obbrobrioso rossetto, con quel pigiama pulito e quelle comode pantofole, aveva assunto un aspetto che agli occhi di Ionio appariva senza quella ambigua e accattivante espressione di donna da marciapiede.

Solo ora Ionio disse a Jiulenia di essere suo fratello e lei, sorpresa, rispose: "Ma mio fratello è Tudok e un altro mio fratello annegò quando la barca che ci portò in Italia naufragò".

"No cara, non so quale Dio volle la mia salvezza, fatto sta che il mare mi portò a riva e lì dei pescatori mi videro e poi Mau Mau si prese cura di me".

"Mau Mau", disse Jiulenia, "e Mau Mau chi è?"

"Eccolo"!, disse Ionio indicando il piccolo Mau Mau alla sorella. Ella sorrise:

"Mi stai prendendo in giro, vero"? Intanto si erano seduti a tavola per la cena e Ionio incominciò a raccontare tutta la sua storia alla ritrovata sorella. Le raccontò della sua infanzia vissuta da clandestino tra i pescatori di Cala di Mari, del suo trasferimento forzato in un grande centro d'accoglienza, della sua ascesa nel mondo del calcio, dell'attuale e invidiabile posizione economica, dell'incontro con Pamelita, della nascita del figlio, del perché lo chiamarono Mau Mau.

Le spiegò com'è riuscito a rintracciare i loro genitori e il fratello e dove essi adesso vivono: presto lei sarà con loro. "Ora parlami di te".

Ella scoppiò a piangere. "Ti prego Ionio, non farmi raccontare cose che voglio solo dimenticare. Non ho fatto niente di mia volontà. Per anni e anni fui soggiogata e privata della mia libertà" e continuando a singhiozzare: "Sono stata trattata e sballottata come una merce, ho vissuto una vita d'inferno".

"Adesso basta non dire più niente, devi solo cancellare dalla tua mente qualsiasi brutto ricordo.

Da oggi splenderà un nuovo sole caldo e luminoso per i tuoi anni a venire."

UNA NUOVA VITA A CALA DI MARI

Il tempo passava, a Cala di Mari erano arrivate tante famiglie di immigrati del Camerun, del Ciad, del Niger e di altre nazionalità.

Ormai tutte le case sfitte, che erano state abbandonate nei decenni precedenti con la fuga dei residenti verso il nord Italia o all'estero alla ricerca di fortuna, furono restaurate e abitate dai nuovi arrivati.

Anche per Ionio il tempo passava e la sua stella, anche se restava luminosa, finiva di produrre energia, poiché, ormai quarantenne, come tutte le persone che prestano attività fisica, perdeva in forza, sveltezza, lucidità: tutti fattori indispensabili per un calciatore.

Egli era felice anche di questo perché, ormai libero dagli impegni calcistici, potette decidere di andarsene per sempre a Cala di Mari e vivere in quella meravigliosa realtà multietnica che era riuscito a costruire.

Ionio vendette tutti i suoi beni, case o altro che aveva in giro per l'Europa e con Pamelita andò a raggiungere i suoi cari che ormai erano diventati punto di riferimento principale per tutti, vecchi e nuovi abitanti.

Grande festa a Cala di Mari per l'arrivo di Ionio, Pamelita e Mau Mau. Vino, birra e pesce a iosa. La festa non era solo per la venuta definitiva di Ionio a Cala di Mari, ma anche per un altro grande evento.

Peppi Mille Puzze, poi diventato Carompulo, e la moglie Tota a Zuppitta erano diventati padre e madre di un bel bambino che chiamarono Ionio. Ormai, vista la presenza in loco dell'ex calciatore, fu affidato a lui l'onere di organizzare la vita della gente di Cala di Mari.

Con i suoi risparmi comprò le terre che da anni erano state abbandonate e organizzò squadre per la lavorazione dei campi. In pochi mesi divennero dei bravi agricoltori.

Altri, affiancati da quelli del luogo, divennero dei bravi pescatori. Le donne impararono presto

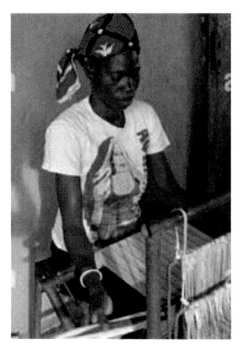

a usare i telai locali e riuscirono a tessere coperte, tovaglie e altri tessuti di pregevole qualità artistica.

Queste attività venivano accompagnate da quelle importanti e apprezzate produzioni di oggetti di legno e di fibre vegetali che a suo tempo producevano nelle loro terre d'Africa.

TOTA A ZUPPITTA MUORE

In ogni comunità, non sempre le cose vanno per
il verso giusto. Un mattino la povera Tota,
nell'azione di scendere i tre/quattro scalini della
propria casa, perse l'equilibrio e cadendo picchiò
con la testa su un'appuntita pietra e morì sul colpo. Tutta la comunità si sentì colpita, era affezio-
nata alla povera Tota che, nonostante la sua con-
genita malformazione ad una gamba, riusciva ad
essere sempre allegra e dar una parola buona a
tutti.
Per Peppi e il suo piccolo Ionio, che era già cresciuto e frequentava le scuole elementari, il colpo
fu forte. Solo nell'amore della gente, che gli si
strinse intorno, trovarono la forza di superare,
accettare il triste evento e proseguire guardando
avanti.
Ionio senior tutti i giorni trascorreva ore e ore al
fianco di Peppi per distrarlo dal dolore, Pamelita
si prese cura del piccolo Ionio e suo figlio Mau
Mau, già grandicello, seguiva il piccolo amico
come un fratello.
Erano tanti che la morte, nel suo perpetuo cam-
mino, aveva portato via con sé: Mau Mau, Tita,
Tota a Zuppitta, Carrubba, Betta la moglie di u
Longu, Ntoni. Quelli che resistevano erano ormai

tutti centenari: Santa, Mena, u Longu, Lauro, Doria, Maria, Salvatore, Concettina; quindi la vecchia generazione si avviava inesorabilmente al tramonto. La vita continuava con i figli ed i nipoti.

Nel piccolo quartiere di Cala di Mari, il numero delle persone di colore aveva superato quello originario del luogo. Tutti insieme formavano una forte e coesa comunità.

Le produzioni delle attività che portavano avanti non erano più sufficienti a rendere una vita decorosa per tutti, bisognava trovare altre terre per pascoli e per semina. A ridosso del paese, in una zona chiamata Restuccia, poiché c'erano  delle terre demaniali incolte, una delegazione mista della gente di Cala di Mari si recò dal maresciallo Turrisi e chiese di volerle coltivare. Il graduato, entusiasta dell'idea che gli era stata esposta, subito si rese disponibile ad aiutarli. Il giorno dopo si recò dal sindaco ed espose la volontà di quelle brave genti di poter avere le terre di Restuccia in donazione per poterle coltivare.

IL SINDACO LOCANDO

Il sindaco, che fin da subito aveva visto di buon occhio la presenza in loco di quella gente di colore, diede subito l'assenso affinché le terre potessero passare in comodato nelle loro mani per essere pulite e lavorate.

Oltre dieci ettari di terreno, un po' in pendenza, quasi tutti coltivabili, vennero presi d'assalto da diecine di persone: maschi, femmine e anche giovinetti, come capre, divorarono, tagliando con falci, roncole, zappe, tridenti, rastrelli, tutte le pietre e le erbacce selvatiche. Estirparono clizze, zinnighi, ienesciari, lisari, brucari, migliaia di cardunari e altre piante che per anni erano cresciute liberamente coprendo il terreno e rendendolo impraticabile.

Una volta pulito, bisognava zapparlo, quindi occorreva trovare un trattore con la vanga che costava molto e Ionio, che adesso viveva solo con la sua pensione, non possedeva più niente poiché aveva speso tutto per il restauro delle case, per renderle abitabili da tutta la gente di colore che volle venire a vivere a Cala di Mari. Pensò di consigliarsi con Turrisi per risolvere questo problema.

Il maresciallo invitò Ionio a seguirlo e insieme si recarono dal sindaco Domenico Locando che si rese subito disponibile ad aiutarli. Locando era molto amico di un certo Manarite col quale aveva le stesse idee ed entrambi erano assai sensibili alle tematiche sociali che riguardavano il mondo del lavoro e gli immigrati di colore che sbarcavano sulle nostre coste.

Manarite era un grosso rappresentante di macchine agricole e, attento al problema che gli veniva posto, volle aiutare quei volenterosi intenzionati a lavorare le terre incolte e abbandonate da tempo immemore.

Si presentarono come garanti il maresciallo Turrisi, verso il quale nutriva grande stima e il sindaco Locando, suo compagno d'idee.

Manarite fornì tutte le macchine necessarie per lavorare le terre. In breve tempo gli immigrati impararono a manovrare i mezzi agricoli che vennero loro dati e si misero subito al lavoro per vangare e seminare grano e leguminose nei campi.

In poco tempo, quelli che per decenni furono campi incolti e abbandonati, pieni di spine, erbacce, rovi e cespugli d'ogni specie, ora erano diventati terreni d'elevata qualità produttiva. A rotazione si seminava grano, fave, lenticchie, cicerchie, pomodori, peperoni, melanzane ed altri prodotti ortofrutticoli.

Diecine e diecine d'immigrati africani, che in altre zone venivano sfruttati a lavorare dieci ore il giorno per tre euro l'ora, trovarono lavoro nei campi di Riganaci.

Tutto questo, nella piccola cittadina di Rianacia e nel suo piccolo borgo di Cala di Mari, faceva gioire la gente del paese che ha subito dato l'appoggio materiale necessario, ma soprattutto ha mostrato quel sostegno psicologico indispensabile per l'inserimento nella vita quotidiana.

In tutta la zona vi erano, peraltro, loschi speculatori che, come dicevamo prima, pagavano quella povera gente tre euro l'ora e non solo nei dintorni di Rianacia, ma distanti fino a sei/settecento chilometri. Costoro adesso diventavano nervosi, consapevoli che quella realtà poteva essere da stimolo agli operai sfruttati per indurli a forme di ribellione.

In molte campagne, infatti, fino a centinaia di chilometri di distanza, migliaia d'immigrati incominciavano a ribellarsi ai loro aguzzini; lo stesso Ionio, venuto a conoscenza di quanto avveniva, si recò di persona a cercare questi operai, per incoraggiarli a continuare nella loro lotta.

Provvide ad aiutarli anche economicamente col denaro che riuscì a raccogliere attraverso un fondo di mutuo soccorso che aveva costituito, aiutato da Locando e Turrisi.

Non poteva che finire cosi; anche per la gente del luogo, diecine d'anni prima, era stato cosi.

La storia ricorda.

Quanti sindacalisti e contadini furono ammazzati nelle campagne dell'Italia meridionale!

Quante discriminazioni ebbero le raccoglitrici d'ulivo, di gelsomino, di bergamotto!

Quante angherie i pastori e i piccoli coltivatori diretti subirono da parte di baroni, marchesi e grossi proprietari terrieri che spellavano le masse proletarie del Mezzogiorno d'Italia!

LE MINACCE E LA RITORSIONE

Presto il clima di gaiezza che si era creato in tutto il territorio di Rianacia si è incrinato. Ionio fu avvicinato dai caporali dei nuovi baroni, marchesi e latifondisti, loschi e spregevoli individui, che lo hanno minacciato e invitato a demordere nell'incitare gli immigrati alla ribellione.

Non disse a nessuno delle minacce subite, solo Peppe Carompulu era informato poiché vide quei brutti ceffi quando si avvicinarono minacciosi a Ionio. Quest'ultimo lo invitò a tacere per non creare la psicosi della paura e continuò nella sua azione di sostegno alla gente che lottava.

Era notte fonda, ahimè, quando tutti gli abitanti di Cala di Mari furono svegliati da uno strano scoppiettio proveniente dalla spiaggia. In fretta e furia balzarono fuori, ma nulla potettero fare e con amara rassegnazione, attoniti, constatarono che il peschereccio donato da Ionio stava andando in cenere. Nessuno si spiegava come ciò possa essere accaduto, solo Ionio e Peppe Carompulu sospettarono fosse sicuramente un atto di ritorsione da parte di quelle losche figure che settimane prima avevano avvicinato Ionio.

I due fecero finta di niente e continuarono sulla loro strada come prima. Non trascorsero neanche due settimane quando un mattino, quelli che lavoravano nei campi, si trovarono davanti a uno spettacolo deprimente: erano distrutti centinaia e centinaia di alberi da frutto e piantagioni di ortaggi.

Ionio, appresa la notizia, si recò subito sul posto, con Peppe che gli correva dietro. Avendo capito immediatamente di cosa si trattasse, incoraggiarono gli altri a proseguire nei loro lavori ed a restare tranquilli. Ionio si rese conto che non poteva più tacere e che serie minacce pesavano su di lui e su tutta la comunità di Cala di Mari. Pensò di raccontare tutto al maresciallo Turrisi che dopo averli ascoltati, disse:

"A questo punto, se voi avete qualche elemento certo per individuare gli autori, passiamo subito all'azione. Se invece elementi certi non avete, non possiamo agire, l'unica cosa che possiamo fare è una denuncia verso ignoti".

Il maresciallo inoltrò la pratica sia per l'incendio del peschereccio che per la distruzione delle piante. Aggiunse anche una denuncia per l'intimidazione subita da Ionio in persona da parte di personaggi che lui non aveva mai conosciuto.

Il giudice Salvatore Melillo, che aveva sostituito l'anziano collega Grapperi, non appena ricevette la denuncia di Torrisi, iniziò subito le indagini. Appurati i primi elementi, decise di convocare Ionio per capire se da lui potesse avere indizi più concreti.

L'ASSASSINIO DI IONIO

Peppe si rese conto che il rischio corso da Ionio era immane. Andavano in giro per le terre, quando Peppe si rivolse a Ionio e gli disse:

"Sono molto preoccupato per la tua incolumità, i nostri nemici non hanno scrupoli, è gentaglia capace di tutto, anche di uccidere. Forse sarebbe meglio fermarsi un po' e far loro capire che siamo disposti a mollare e ad accontentarci di fare qualcosa di più modesto, che riguardi solo la nostra comunità, senza mettere il naso in altre realtà"

"N0! Peppe, non è giusto dargliela per vinta, con la lotta è possibile cambiare la condizione di sfruttamento bestiale cui è sottoposta la gente di colore. La lotta sarà dura, i rischi immani, ma bisogna andare avanti. In passato anche i lavoratori bianchi subivano lo stesso tipo di sfruttamento, eppure, con le lotte, per loro molte cose in meglio sono cambiate. Un tempo in America i neri erano venduti come schiavi, invece oggi anche se ci sono delle frange razziste, lo schiavismo è stato sconfitto. Mi rifiuto di accettare che queste mafie, sfruttatrici dei miei compaesani, debbano sempre averla vinta.

Il giudice Melillo, terminate le indagini e sentita la testimonianza di Ionio, ordinò il fermo di alcune persone e fissò il giorno del processo. Ionio e Peppe Carompulu dovevano testimoniare se tra quei personaggi ci fosse qualcuno di coloro che li avevano minacciati.

Ahimè! né Ionio, né Peppe potettero mai andare a quell'udienza. Tutte le mattine, da quando c'era stata la distruzione dei campi, Ionio aveva preso l'abitudine di recarsi presto per controllare che tutto fosse a posto. Non aveva, però, fatto il conto con la malvagità dell'uomo che non accetta chi possa mettere in discussione la propria supremazia. Ignaro di quanto avevano programmato contro di lui, armato solo del proprio coraggio e convinto della giustezza delle sue idee, andava tranquillo, non smettendo mai di portare avanti le battaglie a favore dei suoi compagni in lotta.

Ionio camminava tranquillo in un viottolo in mezzo ai campi quando all'improvviso, da dietro una siepe, si alzano le canne mozze di fucile che sparano due colpi e le rose di pallettoni lo colpiscono in più parti del corpo che stramazza al suolo colpito a morte.

Nello stesso giorno Peppe Carompulu, mentre si trovava all'obitorio vicino alla salma di Ionio, fu avvicinato da una persona che lui conosceva e di cui si fida Da quel momento non si seppe più niente di lui. I suoi amici lo cercarono per mare e per terra e dopo la denuncia anche le Forze dell'ordine, ma di Peppe Carompulo non s'intravide neanche l'ombra.

Intanto il maresciallo Turrisi e il magistrato Melillo continuarono le loro indagini. Hanno fatto arrestare e rinviato a giudizio diversi individui che ritenevano potessero essere tra i mandanti e gli esecutori dell'assassinio di Ionio e della scomparsa di Peppi.

IL TRASFERIMENTO DI MELILLO

Non passò molto tempo che all'improvviso il magistrato Melillo fu trasferito in un'altra procura per incarichi più importanti e complicati. Anche il maresciallo Turrisi fu spostato in un paesino della Sardegna.

Il nuovo magistrato incaricato, Ingiusto Mentolo, prese tutte le carte dell'indagine che Melillo, in collaborazione con Turrisi, aveva svolto nei confronti delle losche figure messe agli arresti cautelativi in attesa di processo.

Esaminati i documenti, ritenne le accuse senza alcuna prova concreta; tutto era basato, secondo lui, solo su teoremi e sospetti astratti. Quei personaggi erano accusati solamente perché vecchie conoscenze orbitanti intorno ad organizzazioni malavitose che potevano avere interesse all'eliminazione di Ionio e alla scomparsa di Peppe.

Il magistrato Ingiusto Mentolo, invece di approfondire l'indagine e avvalersi di eventuali testimonianze, compresa quella che poteva essere determinante del maresciallo Turrisi, decise di scarcerare i sospettati per insufficienza di prove ripromettendosi di avviare una nuova inchiesta. Mentolo iniziò le sue indagini e non passò molto tempo che emanò un mandato di arresto nei confronti del sindaco Locando con l'accusa di aver dato le terre in comodato e, approfittando del suo potere, aveva violato le leggi legalizzando i clandestini che erano arrivati a Cala di Mari.

Un'altra denunzia per omissioni di atti di ufficio e di favoreggiamento alla clandestinità emise contro il maresciallo Turrisi.

IL SOGNO CONTINUA

La notte inesorabilmente era calata su Rianaci proprio quando stava vivendo una pagina di possibile e interessante integrazione.

Con la brutalità dell'applicazione della legge e senza alcuna agibile possibilità di trovare una via d'uscita, si è impedito di sanare delle situazioni che portavano alla regolarizzazione di tante persone volenterose. Si stavano per creare le condizioni per un loro possibile inserimento in lavori produttivi che avrebbero portato ricchezza a tutta la comunità e potevano essere d'esempio per lo sviluppo di tante altre realtà della stessa portata.

Il magistrato Ingiusto Mentolo, per cultura o per morboso attaccamento alla legalità, non ha avuto alcuna sensibilità, automaticamente applicava le regole, condannando al fallimento una realtà di sviluppo e d'inserimento multietnica.

A Cala di Mari la delusione fu forte. Intanto l'inevitabilità della morte aveva portato via la vecchia generazione: Carrubba, u Longu, Betta, Lauro e tanti dei loro figli che avevano assistito al sorgere del paradiso nato dalla presenza di Ionio.

La vita nel piccolo quartiere si fece più difficile, ora la comunità si era ristretta, tanti immigrati erano partiti. La paura e l'angoscia per la fine di Ionio e la scomparsa di Peppe, aveva spinto molti all'illegalità e a bivaccare presso le stazioni ferroviarie italiane o europee alla ricerca di una collocazione dignitosa.

La perdita del figlio era troppo forte per i genitori di Ionio: Titenk, Sciutera. i figli Toduk e Jiulenia, il loro parente Lombuto e un'altra trentina di compaesani, testardamente non volevano darla vinta agli assassini.

Incoraggiati da tanti giovani di Rianaci e da altri dei paesi vicini che accoratamente si strinsero intorno a loro, costituirono delle cooperative e continuarono a coltivare le terre di restuccia ed a stimolare tutti alla difesa della loro dignità.

La vecchia generazione di Cala di Mari era scomparsa, ma molti dei suoi figli e soprattutto dei nipoti si erano diplomati e laureati. La stragrande maggioranza era migrata nel nord Italia o all'estero in cerca di fortuna.

Tante di quelle case che Ionio aveva messo a nuovo, ora incominciavano a sgretolarsi o a creparsi, ma non tutto era perso.

Quei sparuti gruppi di persone, con i giovani del luogo che li affiancarono nella cooperativa, continuarono con dura e nobile fatica a far diventare piccoli paradisi quelle terre di restuccia che un

giorno erano invase da clizzi, silipari, lisi, jiunca-
ri, bruchi e da migliaia di piante di cardi selvati-
ci.

CONCLUSIONE DELLA METAFORA

Era una fresca giornata di settembre, il mare era in bonaccia. Pochi pescatori su piccole sedie di corda erano intenti a rammendare le loro reti.

Liduzza ormai sugli anni, ma in buona salute, passeggiava sulla sabbia ai bordi della battigia e di tanto in tanto immergeva i piedi nudi nell'acqua salata.

Un'altra figura femminile si avvicina. Era Pamelita che insieme agli altri volle restare a Cala di Mari per continuare a vivere nella fantasia il sogno che era stato del suo compagno.

Le due donne si avvicinarono, si abbracciarono e scoppiarono in prolungato pianto. Si guardarono negli occhi che tornarono sereni, si afferrarono per mano e si avvicinarono alla battigia.

Una barca si avvicinava a loro, erano gli ormai uomini Mau Mau e Ionio che, stanchi ma sereni e sorridenti, tornavano dalla mattutina uscita di pesca.

FINE

INDICE

INDICE

Questo racconto è stato pubblicato

a puntate su Facebook

dall'1 marzo al 25 maggio 2023

Printed in Great Britain
by Amazon

32234653R00056